생활

실천문학시인선 029
생활

2019년 9월 10일 1판 1쇄 인쇄
2019년 9월 10일 1판 1쇄 펴냄

지은이 이은봉
펴낸이 윤한룡
편집 김은경
디자인 윤려하
관리·영업 한해인

펴낸곳 (주)실천문학
등록 10-1221호(1995.10.26)
주소 서울특별시 중랑구 상봉로 110, 1102호
전화 322-2161~5
팩스 322-2166
홈페이지 www.silcheon.com

ISBN 978-89-392-3039-2 03810

실천문학 시인선 029

생활

이은봉 시집

실천문학사

제1부 : 붉은 고양이

제2부 : 달걀이 운다

제3부 : 겨울의 갈피

제4부 : 저녁의 기도

제1부

붉은 고양이

파문

애초에 돌을 던지지 말아야 했다
돌에 맞은 호수는 이내 파문을 일으켰다
애써 마음 가다듬고 있는 호수를 향해
돌을 던진 것 자체가 문제였다
파문은 둥근 물결도 품고 있었지만
날카로운 칼도 품고 있었다
세상을 떠돌고 있는 한 자루의 칼
칼을 품고 있는 파문이 문제였다
칼은 어느 것이든 찌르기 마련
아무데서나 상처를 만들기 일쑤였다
상처는 쉽게 아물지 않았다 한바탕
곪아 터지고 난 뒤에나 겨우 아물었다
누군들 칼로 찌르고 싶으랴
누군들 반란을 꿈꾸고 싶으랴
공들여 마음 가라앉히고 있는 호수를 향해
돌을 던진 것 자체가 문제였다
돌을 맞고 어찌 파문을 일으키지 않으랴.

삶은 달걀이라고

삶은 달걀이라고, 아니
삶은 계란이라고, 아니
부화될 수 없는 생이로군
깨고 나올 수 없는 꿈이로군
그렇지 삶은 알이지
그렇게 생각한 적 있지
깨고 나와야 할 알
그렇게 괴로워한 적 있지
난생은 슬프지, 아니
난생은 아프지, 아니
삶이 계란이면 좋겠지
삶이 달걀이면 좋겠지
껍질을 까 소금에 찍어먹으며
버틸 수 있으니까
버틸수록 아픈 것이 삶이지
그렇지 삶은 고통이지, 아니
그렇지 삶은 기쁨이지, 아니.

딱딱한 슬픔

슬픔을 만져 본 적 있니
너도 네 손으로 직접 만져 봐
가슴 깊은 곳에서
뜨거운 슬픔을 꺼내 봐
두 손으로 꼬옥 쥐어 봐
딱딱하니 물렁물렁하니
오래 묵지 않은 슬픔은
불에 구운 돌멩이처럼 뜨겁지
뜨거우면서도 딱딱하지
십 년이 넘고 이십 년이 넘어야
물렁물렁해지지
오래 묵을 틈이 없지
주물럭거려질 틈이 없지
날마다 새로운 슬픔이 덧씌워지니까
해마다 뜨거운 슬픔이 태어나니까
슬픔은 액체가 아니라
고체지 가슴 깊은 곳에서

자꾸만 버걱거리는
네 독한 슬픔을 꺼내 봐
네 손으로 직접 만져 봐
두 손으로 꼬옥 쥐어 봐
어떠니 딱딱하니 보석처럼
견고하니 반짝반짝하니
이슬방울처럼 맑게 빛나니
수정처럼 밝게 빛나니
물렁물렁해지기까지는 아직 이르잖니
주물럭거려지기까지는.

붉은 고양이

진제마을 늦은 밤 시간
쓰레기더미를 뒤지다가
불쑥 튀어나와
가로등 불빛 속
주춤주춤 걸어가는 붉은 고양이,
이 밤 어디에도
제 붉은 마음
나눌 곳 없네

진제마을 오래된 골목
쓰레기더미를 뒤져
썩은 생선 몇 점 뜯어먹고는
자동차 불빛 속
우적우적 걸어가는 붉은 고양이,
이 세상 어디에도
제 붉은 발길
향할 곳 없네

몸이 붉어 마음도 붉은
진제마을 붉은 고양이
사람들한테 버려지고서도
사람들 곁
끝내 떠나지 못하네
여기저기 떠돌고 있네
들끓는 제 가슴
차마 어쩌지 못하네.

생활

우리 집 거실 귀퉁이에는 무말랭이가 마르고 있다

얼마 전까지만 해도 감말랭이가 마르던 곳이다 땅콩알이 마르던 곳이다 은행알이 마르던 곳이다 구린내를 풍기며

인삼주도 더덕주도 호박덩이도 함께 마르고 있는

우리 집 거실 귀퉁이

고향을 떠난 지 도대체 얼마인가

농촌을 떠난 지 도대체 얼마인가

대도시 아파트에 살면서도 나와 아내는 여태껏 농촌을 떠나지 못 하고 있다 고향을 오가며 살고 있다

좁아터진 거실 이곳저곳을 오가며 오늘도 아내와 나는 습관처럼 자연에서 준비해온 먹거리들을 다듬고 있다

이것들 다 나날의 목구멍이 시킨 것이지만, 나날의 생활이 시킨 것이지만……

목구멍보다, 생활보다 중요한 것이 어디 있으랴.

대나무들

양지 바른 산기슭, 떼거지로 몰려 서 있는 대나무들, 서로의 허리, 꽉 끌어안고서는 놓지 않는다

소심하고 시시하고 지랄 같은 소시지들, 혼자서는 아무것도 못하는 것들, 서로의 몸 부딪쳐 소리를 낸다

비 내리는 봄날, 한꺼번에 세상에 태어나는 대나무들, 혈연과 지연, 벌흙처럼 소중히 여기고 있다

단순하고 무식하고 지랄 같은 단무지들, 태풍이 휘몰아쳐도 서로가 서로에게 기대어 이익을 챙기기에 바쁘다

혼자서는 제대로 서 있지도 못하는 대나무들, 함박눈 내려 바리 눈짐을 지고 나서야 고개를 숙인다

오만하고 이기적이고 지랄 같은 오이지들, 시위대처럼 스크럼을 짜고 앞으로만 밀고 나가는 것들, 뒤로 물러설 줄 모른다

벌흙을 사랑하는 대나무들, 하나만 알고 둘은 모르는 것들, 옛날의 대가족 공동체로 단단하게 뭉쳐 있다.

나주호 한 바퀴

자전거를 타고 나주호 한 바퀴 돈다
산벚꽃들 어지럽게 피어 있다 마음 더듬거린다

삼림욕장 주차장에 자전거를 세운 뒤
산책로를 따라 몇 걸음 걸어 들어가 본다
나주호 물결들 한참 짓이 나 있다

연분홍 복사꽃더미 와락 끌어안는다
저 짜샤, 근처의 샛노란 민들레꽃까지
무수리로 거느리고 싶은 모양이다

이 모습 지켜보고 있던 보랏빛 제비꽃
기가 막힌다는 듯 고개를 외로 꼰다

그때 문득 둥글고 환한 달덩이 하나 떠오른다
라면 끓여 점심밥을 이을 때도 떠오르던 갈대꽃이다

언제나 종종대며 바쁘게 뛰어다니는 갈대꽃,
그녀와 함께 이곳을 둘러보기까지는
한참 더 많은 시간을 기다려야 한다

산벚꽃들 흐드러지게 피어 발걸음 어지럽다
자전거를 타고 또다시 나주호 한 바퀴 달려본다

여기저기 나뒹굴고 있는 외로움 덩어리들
고개 갸웃대며 내 마음 천천히 들여다본다.

마음은 금방 또

늙어가는 걸까 아침에 잠을 깨면 온몸이 쑤시고 아프다 담배를 너무 오래 피운 까닭일까 니코틴이 피의 흐름을 막고 있기 때문일까

병원에서는 고지혈이라고 한다 고혈압이라고 한다 혈관협착이라고 한다 당뇨라고 한다 위염이라고 한다 위궤양이라고 한다

심장기능과 위기능이 형편없이 나빠졌군요 피가 더러워졌어요

병원에 다녀온 이후 아침저녁으로 알약을 한 줌씩 먹는다 급성요통으로 쓰러져 벌벌 기며 입원을 한 적도 있다

운동을 안 하는군요 급성요통이에요 허리근육이 형편없어요 허리를 좀 자주 쓰세요 앞뒤로 좌우로 허리를 좀 돌리세요

느닷없이 입원을 하지 않으려면 바빠도 허리운동을 좀 해야 한다

그날 이후 침대 위에 누워서도 허리 돌리기 운동을 한다 몸이 안 아프면 마음은 금방 또 이 일들 죄 잊어버리겠지만.

시간의 모가지를 비틀어대는 밤

이놈, 한때는 반달곰 새끼들처럼 세상의 골짜기 여기저기에서 나와 뒤엉켜 뛰어놀던 놈이다
이놈, 한때는 국감장의 의원님들처럼 으르릉거리며 내게 침을 튀기던 놈이다

참 한심한 놈, 췌장암으로 죽어가고 있다는 소식을 들은 밤이다
어떻게 해야 하나 TV 채널을 바꿔 가며 시간의 모가지를 비틀어대는 밤이다
리모콘에서 쏟아져 나오는 총알들 피웅피웅 소리조차 제대로 내지 못하는 밤이다
침대머리에 우두커니 앉아 있는 꼬마등을 꺼버리자 창밖의 달빛들조차 파르르 몸을 떠는 밤이다

참 싸가지 없는 놈, 이놈의 칼에 발꿈치가 잘려 제대로 걷지 못하던 날이 도대체 얼마인가
이놈, 죽어가면서도 내 마음 속 깊이 소용돌이를 만드는 놈, 이놈, 이 마음을 어떻게 해야 하나.

돼지국밥집에서

오늘로 돼지내장국밥은 끝이다
이번으로 돼지머리국밥은 끝이다

돼지국밥집 밥상머리에 앉아
몇 번씩 다짐한다 젓가락 들어
밥상 탁탁 쳐가며 다짐한다

숟가락 들어 돼지국밥 푹푹 퍼먹으며
잊지 말아야지 잊지 말아야지

대한민국에서 가장 흔한 음식
주월동, 진월동에서 제일 싼 음식
너무 많이 먹어 역겨워진 음식

돼지국밥, 더는 먹지 말아야지
거듭거듭 다짐한다 돼지국밥

세상에서 최고로 싸고 맛있는 음식
내일부터는 집에서 밥해 먹어야지
집에서 미역국 끓여 밥해 먹어야지.

오늘

돈 폭탄이 터진 뒤부터일까 오늘에게는 내일이 없다 어제만 해도 오늘에게 내일은 황금나무 숲가의 오막살이였다

복사꽃 흐드러지는 시냇가에서, 신선들이 바둑을 두는 바위 위에서 듣는 물소리……, 오늘에게 내일은 늘 아름다운 어제였다

오늘에게는 이미 내일이 와 있다 더는 오지 않는 내일, 오늘에게는 오늘만 계속되고 있다 내일이 없는 오늘!

오늘의 시간은 밤 12시, 시간이 멈춰 있어 시계도 멈춰 있다

더는 떠오르지 않는 해, 더는 기울지 않는 달, 해와 달이 멈춰 있어 시간도 멈춰 있다

오늘은 배가 고프지 않다 먹을 때마다 시간이 흐르기 때문일까 아무것도 먹지 않는 오늘

아무런 결핍도 없는 오늘을 살고 있는 오늘이 짜증스럽게 말한다 배가 고프지 않아요 아무것도 먹고 싶지 않아요

먹을 것 걱정이 없는 오늘, 내일이 없는 오늘에게는 어제도 없다 신나게 오늘을 사는 오늘, 오늘은 더 이상 배고픈 어제를 기억하지 못한다

내일내일내일…… 내일만을 기다리며 살아왔기 때문일까 오늘 나는 오늘이 무섭다 내일이 없는 오늘, 그리움도 기다림도 없는 오늘.

도마뱀

저희들끼리 피 튀기며 싸우더니
그 중 한 놈이 엉뚱하게
싸움을 말리는 내게 달려든다

깜짝 놀라 멈칫대는 내 꼬리
콱, 밟는다 바로 그때 다른 한 놈이
오른손에 들고 있던 식칼로
내 긴 꼬리 타닥 탁, 친다

도망치는 데 무슨 형식이 있나
정신없이 내빼는 수밖에
냅다 뛰고 달리는 수밖에

헉헉대며 한참 숨 고르고 나면
시름 천천히 달래고 나면
잘린 꼬리 다시 자라겠지
밝은 마음 그렇게 다시 자라겠지.

정치

정치는 염치없는 잔치다 치사한 일 많아도
절대로 치사하지 않는다 정치는
눈치코치 없는 불치다 한번 걸리면
쉽게 치료되지 않는 암치다
비늘 없는 갈치 따위 굽거나 조려
유치한 잔치나 벌이고 있는 정치
등 푸른 생선인 꽁치 따위 굽거나 조려
치졸한 잔치나 벌이고 있는 정치
가까이 다가서면 정치는 치한처럼
아무나 잡고 치근대며 놓아주지 않는다
마음속 깊이 폭탄을 장치한 채
치정 어린 만찬이나 벌이고 있는 정치
치즈 조각이나 씹어대고 있는,
정치는 먼발치의 경치일 때나 아름답다
온종일 잔디밭 출랑거리며
공치는 일로 역사를 잡치는 사람들
수치스러운 줄도 모르고 서로의 빰을 치고 있고나

더러는 한강 둔치의 국회의사당에 앉아
법 개정의 치적 쌓기도 하고
치솟는 물가 걱정도 하는 정치
치자꽃, 밤꽃 향기에 잔뜩 젖어 있기 때문일까
기껏 아줌마들의 치맛자락이나
치켜들기에 바쁘고나 눈 치켜뜨고
온갖 잘난 체하기에나 바쁘고나
칫솔에 치약을 묻혀 양치질하듯
깨끗이 닦아내고 씻어내고 싶은 정치
치, 가끔은 밥솥에 쌀밥을 안치기도 하는,
정치는 사람들의 치욕 제자리에
들어앉히는 일 아닌가 아침 까치의 마음으로
거리를 치우며 어지럽게 도치된 세상
차분히 정치시키는 일 아닌가, 바르게.

김밥 두 줄

광주역 근처 '김밥천국'에서
급하게 김밥 두 줄 산다
검정 비닐봉지에 담겨 있는 슬픔 두 줄
왼손에 들고 역을 향해 뛴다
오른손에는 오래된 검정 가죽가방
덜레덜레 들려 있다
막 출발하는 KTX 역방향에
철푸덕이 주저앉는다
검정 비닐봉지를 펼쳐
설움 두 줄 먹어치운다
자동판매기에서 뽑혀 나온 생수병이
주둥이를 향해 거꾸로 쑤셔 박힌다
졸음 쏟아져 내리는데
이 고마움 누구에게 표해야 하나
오늘도 눈물 두 줄의 힘이
나를 서울로 밀고 간다
서울에는 무엇이 있나

아내와 자식들이 있다 사랑이
달리는 고속열차 역방향에 쪼그리고 앉아
깜박 잠든 채 꿈꾼다 천국을.

초여름 밤

독감으로 몸져누운 초여름 밤이다
달님이 내려와 한 손에 턱을 괸 채
기웃거리고 있기 때문일까
불 끄자 창밖 환하게 밝아온다
매운 코 킁킁거리며 베란다에 나가본다
창문 열고 달님의 얼굴 올려다본다
무슨 설움 있나 무슨 아픔 있나
하늘을 나는 백제관음처럼 하얀 달님의 얼굴
물끄러미 내 마음 내려다본다
안개가 피어오르기 때문일까
부드럽고 따듯하게 피어오르는
달님의 마음, 내 가슴 촉촉이 적신다
촉촉이 젖은 마음으로 나도
먼 하늘, 먼 도시의 변두리
어린 자식들 키우느라고 종종대고 있을
늙고 주름진 달님의 얼굴 올려다본다
초여름 밤, 저도 독감으로 몸져누워 있나 보다

콜록대는 기침소리 들리고, 거기
아스라이 아픈 만큼 라일락꽃 핀다
불두화 핀다 마냥 잊고 살아온 저 꽃!

절벽

절벽은 사람이 아니다 김절벽, 이절벽이 아니다 최절벽도 아니다 절벽은 천 년을 두고 그냥 바윗덩어리다 생명이 없는 절벽, 숨 쉬지 않는 절벽, 식물도 광물도 아닌 절벽, 절벽은 제가 누구인지 모른다

절벽은 반성하지 않는다 성찰하지 않는다 돌아보지 않는다 그냥 돌덩어리인 절벽! 절벽은 소나무가, 참나무가 아니다 절벽은 호랑이가, 사자가 아니다 후회하지 않는 절벽, 조선일보처럼 절벽은 회개하지 않는다

절벽은 외로워하지 않는다 절벽은 쓸쓸해하지 않는다 아무렇게나 우뚝우뚝 서 있는 절벽, 고독이, 허무가 무엇인지 모르는 절벽, 절벽은 자꾸만 절벽을 만들어 저를 가둔다 나까지도, 너까지도 가두는 절벽

절벽은 괴로워하지 않는다 절벽은 절망하지 않는다 교회에 다니는 절벽, 절에는 다니지 않는 절벽, 절벽은 슬퍼하지

않는다 서러워하지 않는다 사람이 아닌 절벽, 사람들 앞에 우뚝 서서 사람들 앞을 가로막는 절벽

절벽은 자신이 독재자인 줄, 깡패인 줄 모른다 저밖에 모르는 절벽, 부모도, 자식도, 마누라도, 형제도, 친구도 모르는 절벽, 절벽은 오래 전부터 기억상실증에 걸려 있다 상처받지 않는 절벽, 항아리 속 황제인 절벽

텅 비어 있는 절벽, 가 닿을 수 없는 절벽, 마음 밖에 서 있는 절벽, 절벽은 제가 절벽인지 모른다 끊임없이 마음의 창을 막는 절벽, 누구도 차마 어쩌지 못하는 절벽, 참 무서운 절벽, 절벽으로 하여 내가 있다니!

제2부

달걀이 운다

달걀이 운다

달걀이 운다 제 껍질 속에서
나더러 쪼아달라고 운다

쪼족쪽쪽 저도 제 부리로
제 마음 가로막고 있는 껍질
쪼아대며 깨부수며 운다

조금만 더 기다리거라
내 마음도 네 마음 따라
찌지골찍찍 장단 맞추고 있다

조금만 더 쪼아대거라
나도 네 부리 따라
네 껍질 쪼족쪽쪽 쪼아대고 있다

금방 병아리로 태어날 너
찌지골찍찍 달걀이 운다.

떡 든 손

한 손에 떡 든 채 너무 바빴다
도무지 먹을 틈 없었다

날카로운 칼날이
성큼 잘라버렸다 떡 든 손

투투둑, 땅바닥 위로
떨어지고 마는 떡 든 손

진작 내려놓았어야 하는데……
아리다 쓰리다 아프다

정작 피를 뿜는 곳은
손이 아니다 가슴이다

기껏 한 조각 떡에 쫓겨
오랜 꿈, 망가뜨리고 말다니!

저녁 산책길

휘영청 달 밝고, 화들짝 바람 시원하다
여기저기 발길에 차이는 낙엽들
사락사락 콧노래 부른다
오랜만에 나선 저녁 산책길
선뜻 갈 곳 없다 먼 하늘 둥근 달이나 올려다본다 문득 떠오르는 얼굴 있다 오랜 시간 함께 견뎌온 둥근 얼굴
어디로 갈까 들고 있던 지팡이로
시멘트 바닥 툭툭 두드려본다
지난해 여름 박연폭포 산마루에서
늙은 어머니를 위해 둥근 얼굴이
5달러를 주고 산 으름나무 지팡이다
안개더미처럼 그리움이 마음 가로 몰려다닌다 아파트들 사이 작은 골목길로 주춤주춤 발걸음 옮겨본다
시멘트 바닥에 닿는 발길의 감촉이 좋다
쌓여 있는 낙엽 때문이다
아직은 골목을 비추는 가로등 시린 불빛보다
하늘에서 느릿느릿 걸어 내려오는

둥근 달빛에 눈이 더 간다

발끝에 차이는 풀벌레들의 울음소리, 벌써 차가워지는 이슬 따라 음계를 낮춘다 겨울을 걱정하는 것일 게다

여기저기 발길을 덮는 낙엽들

이미 흙이 되고 있다

때가 되면 좋은 흙이 될 준비를 하며

스락스락 나선 저녁 산책길

휘영청 둥근 달 밝고, 화들짝 바람 시원하다.

사람들 지금 어지럽다

고속열차를 탄다 고속열차 안에서는 속도를 느끼지 못한다 시속 250km로 달려가면서도 책을 읽고 시를 퇴고한다

속도는 시간을 느끼는 일, 시간은 어디에 있는가 속도 속에는 시간이 없다

속도가 없는 속도의 시대, 속도 속이 가장 안전한 시대, 속도 속에 있지 못하면 불안하다 속도 밖에 있으면 초조하다

비행기를 탄다 비행기 속에도 속도는 없다. 시속 700km로 날아가면서도 조용히 시집을 펴들고 읽는다

지구는 객실이 딸린 핵폭탄이다 얼마나 빨리 도는지 창밖이 뿌옇다 머지않아 꽝하고 터질 것만 같은 핵폭탄……

핵폭탄의 객실에 타지 못해 사람들 안절부절못한다 핵폭탄에 타고 있으면서도 타고 있지 않다고 생각하는 사람들 지금 어지럽다.

그리운 금강산

얼마 전까지만 해도 아버지의 장롱 안에
비밀스럽게 흑백사진으로 숨어 있던 곳
금강산에 놀러 갔다 그 사이 세상 좋아져
한때는 비단 보자기에 깊이 싸여 있던 곳
일만 이천 봉한테 놀러 갔다 모래언덕을 지나
시멘트 다리를 건너 먼 나라에 가듯
아주 어렵게 찾아간 금강산은 불립문자였다
어떤 말도 떠오르지 않았다 무슨 말도
할 수 없었다 아무 말도 하지 못했다
흐르는 계곡물에 마음은커녕 손조차
닦거나 씻지 못했다 서울로 돌아올 때까지
아무도 내 깊은 묵언정진을 탓하지 않았다
침묵을 깨지 못했다 집으로 돌아온 뒤에야
군화와 군복과 철모와 선글라스를 벗었다
권총도 내려놓았다 입 활짝 크게 열고서는
숨 크게 쉬었다 참으로 한심했다라고
말하는 것도 이제는 옛일이 되고 말았다
세상 나빠져 '그리운 금강산'이 되고 말았다.

움직이는 집

집이 숨쉬기 시작한다 집이 움직이기 시작한다 집이 달리기 시작한다 집이 날개를 파닥이기 시작한다

집이 숨쉬기 시작하다니 집이 움직이기 시작하다니 집이 달리기 시작하다니 집이 날개를 파닥이기 시작하다니

이제 집은 더 이상 한곳에 붙박이로 박혀 있지 못한다 이제 집은 더 이상 한곳에 멈춰 있지 못한다

아무데서나 손가락, 발가락 젖히며 따져대는 집, 겁나는 집, 일원동 집, 백원동 집, 비탈 높은 집, 일 원으로는, 백 원으로는 엄두도 내지 못하는 집, 재개발 직전의 낡은 집

이런 집은 너무 시끄러워 집이 집을 버린다 집이 가족을 버린다 집이 자식을 버린다 집이 부모를 버린다

충장노래방 도우미로 일하는 집, 세월식당 주방보조로 일하는 집, 롯데마트 계산원으로 일하는 집, 바람이 되는 집,

제가 바람인 줄 모르는 집

이런 집은 엄청 돈을 번다 너무 비싸 사고팔지 못한다 너무 바빠 한곳에 멈춰 있지 않는 집, 이런 집은 집이 아니다.

지도에 없는 섬

사람들의 마음속 깊숙이 숨겨져 있는 줄로만 알았다, 전국 시인 지도…… 오늘 아침에는 한겨레신문 하단 통광고로 펼쳐져 있었다

지도 속 어디에도 그의 이름은 없었다 평생을 두고 시를 써온 그의 이름은……

잠시 그는 눈 감았다가 떴다 설움이 울컥, 목젖을 뚫고 올라왔다 곧이어 지도에는 없는 아름다운 섬 하나를 생각했다

잠시 그는 눈 떴다가 감았다 몽롱했다 주위를 둘러보니 구겨지고 찢어진 한겨레신문이 어지럽게 쓰레기통 속에 처박혀 있었다

너무 한심해 그는 제 가슴 한번 탁, 쳤다 아직도 이름 따위에 연연하다니!

궁시렁 할머니

진월동 서라 아파트 101동 1210호 앞 복도
빈 곰탕 그릇 아직도 신문지에 덮여 있다
이 집에 혼자 사는 궁시렁 할머니
달포 전 계단에서 낙상해
왼쪽 팔목 부러뜨린 궁시렁 할머니
깁스를 한 채 나다니며 궁시렁대다가
오른쪽 팔목마저 부러뜨렸는가
벌써 여러 날 보이지 않는다
부러진 팔목 치료하러 딸네 집에라도 갔는가
궁시렁궁시렁 얇은 입술 열었다가 닫으며
여기저기 17평 서라 아파트 복도
반갑다고 기웃대던 궁시렁 할머니
보이지 않은 지 꽤 여러 날이다
서라 아파트 101동 1210호 앞
거미줄과 함께 먼지들만 뒤엉켜 있다
궁시렁 할머니 집 비우고 간 곳 어디인가
백악관 예식장 옆 노인병원인가

마음 내키는 대로 이곳저곳 떠돌아다니다가

자칫 오른쪽 발목마저 부러뜨리면 어쩌나.

날개 돋친 뱀

내 몸속에는 뱀이 살고 있다 날개 돋친 뱀, 함부로 혓바닥 날름거린다

내 몸속을 겁 없이 날아다니는 놈, 어쩔 수 없는 놈, 참 징그러운 놈, 참 멋진 놈, 참 싸가지 없는 놈, 뒤죽박죽 제멋대로 버르장머리 없는 놈

이런 놈이 나와 함께 내 몸속 깊이 살고 있다니

기어코 내 몸속의 피까지 흔들어대는 놈, 흔들어대다가도 날렵하게 꼬리치는 놈, 나와 더불어 끊임없이 당신 유혹하는 놈

유혹하는 것은 괜찮다 꼬리치는 것은 괜찮다 제발 어지럽게 날아다니지만 말거라

천천히 걸어 다니며 너 혼자 놀기만 하거라 손으로 잡을 수 있게, 내 안에 가둘 수 있게

정성을 다해 부탁하고 사정을 하다가도 때로는 운 좋게 후딱 삶아먹기도 하는 놈, 채 사흘이 안 되어 되살아나는 놈, 아무데나 겁 없이 싸돌아다니는 놈, 내 몸속 나와 더불어 히히덕거리는 놈

이놈, 참 건방진 놈, 날개 돋친 뱀을 생각하면 아프다 괴롭

다 자꾸만 입에 침이 고인다

아직도 시끄러운 이놈, 죄다 껴안지는 못한다 날개 돋친 뱀, 이놈 참 싸가지 없는 놈을 어쩌나

끝끝내 밖으로 빠져나갈 생각하지 않고 내 몸속 깊이깊이 똬리를 틀고 있는 놈!

조촐한 가족

멀리 풍장 치는 소리 들린다
팔월도 한가위
산마을 아득한 골짜기 저쪽

색동옷 곱게 차려입은
어린아이 둘……

젊은 엄마를 따라
뒷등 앞 오가며 상을 차린다

조촐한 가족, 두 번 절하고
음식 나누는 동안
산까치, 참나무 끝에 날아와 운다.

기차를 타고 갈 거야

지금은 겨우 비행기를 타고 가지
가끔은 어렵게 버스나 승용차를 타고 가기도 하지
어쩔 수 없지 지금은 기차가 못 가니까
기차를 타고 갈 수는 없으니까
철길이 끊겼으니까 걸어서도
갈 수 있기는 하지 옛날에는 걸어서 갔지 어깨에 괴나리봇짐을 메고, 발에 감발을 하고, 짚신을 신고 몇날 며칠을 걸어서 갔지
호랑이 담배 먹던 시절의 얘기이기는 하지
그래도 좋아 아무래도 좋아 어떻게든 나는 갈 거야
반드시 기차를 타고 갈 거야
KTX를 타고 가면 더욱 좋지
얼마 안 남았어 금방이야 금방 갈 거야
누구처럼 가지는 않을 거야
누구라고 할 것도 없지 문 목사나 황 작가처럼
비행기를 타고 북경으로 가서
북경에서 또 비행기를 타고 가지는 않을 거야

정부 몰래 가지는 않을 거야
그냥 기차를 타고 서울에서 평양으로 곧장 갈 거야
문산역을 거쳐 도라산역을 거쳐
개성으로 평양으로 이내 갈 거야
평양에 도착하면 대동강 능라도부터 가 볼 거야
능라도에서는 늘어진 버들가지부터 볼 거야
만수대도 단군왕릉도 가 볼 거야
우리나라 시조 할아버지한테는 큰절도 할 거야
평양에서 오래 머물지는 않을 거야
신의주로, 단동으로, 연변으로, 하바롭스크로, 시베리아로 중앙아시아로…… 이렇게 더 멀리 가 볼 거야
지금 당장 간다는 말은 아니야
시간이 필요하다는 것은 나도 알아
역사가 필요하다는 것은 나도 알아
기다릴 거야 그때까지 고추장을 찍은 오징어 다리 안주로
목 안 가득 소주를 털어 넣으며
기다릴 거야 너무 들뜨지는 않은 채 기다리고 또 기다릴 거야.

굴참나무와 소나무

동리산 아름드리 굴참나무
십여 년 전 태풍 루사에 놀라
꽈다당, 옆으로 쓰러졌지

술 너무 많이 마시고
담배 너무 많이 피워
몸 제대로 가누지 못하던 굴참나무

꽈다당, 옆으로 쓰러지며
얼마 전 계룡산에서 이사 온
젊은 소나무의 허리께
콱, 찍어 눌렀지 느닷없이

허리가 휘어버린 젊은 소나무
오래오래 아팠지 콱, 찌그러졌지만
잘 크고 있지 신음 속에서도.

불빛아
—서울

돈암동 집, 돈암동 풍림 아파트 13층 집, 개운산 중턱에 우뚝 솟아 있는 집, 내 집은 아니지만 지금은 내가 살고 있는 집, 개운산 공원 가까워 산책하기 좋은 집, 밤마다 잠이 잘 와, 식구들 모두 좋아하는 집, 적당히 낡아 편안한 집……

이 집에서도 오늘은 잠이 안 오네
새벽 두 시가 넘고, 세 시가 넘고
네 시가 다 되어도 잠이 안 오네
낮에 들은 전셋값 올려달라는 소리 때문일까
저녁 무렵 마신 블랙커피 때문일까
이마트 세일 상품처럼 가슴이 오므라드네
불량 청소년들이 몰고 다니는
오토바이 소리만 환하게 들리네

수도 없이 열었다가 닫은 창문 저쪽, 어지럽게 빛나는 서울의 불빛아 이리저리 쫓겨 다니는 서울의 불빛아 무엇이 나를, 무엇이 이 못난 중년을 아직 잠들지 못하게 하는 것이냐 깊은 가을밤 꼬마전구를 켜놓고 방바닥에 엎드려 무엇인가를 끼적이게 하는 것이냐.

좌골신경통

왼쪽 엉덩이로만 너무 오래 앉아 있었다

왼쪽 어깨로만 너무 오래 가방을 멨다

왼쪽 허리로만 너무 많은 짐을 졌다

왼쪽 종아리에만 너무 많은 힘을 주었다

아니아니 너무 오래 앉아 있기만 했다

그래서겠지 좌골신경통이 생긴 것은

왼쪽 몸 여기저기 아프지 않은 곳이 없다

이제는 오른쪽 몸도 좀 써먹어야겠다

아니아니 허벅지, 종아리도 좀 써먹어야겠다

잘못하다 우골신경통까지 생기면 안 되니까.

절망에게

너는 늘 때맞춰 나를 찾아온다 무슨 명절날처럼, 무슨 국경일처럼

두근거리는 가슴속 온갖 불안을 거느리고, 설움을 거느리고

일 년에 서너 번씩 너는 꼭 나를 찾아온다 추석날처럼, 설날처럼, 삼일절처럼, 광복절처럼

그런 때는 내 지친 몸 혼돈의 쑥구렁 속에 처박히고 만다

절망이여 내 오랜 친구여 명절날이 두려운 가난한 주부처럼 나는 네가 늘 두렵다

정작은 안방에 누워 끙끙 앓고 있으면서도 가슴속 쑥구렝이나 바라보고 있는 내 한심한 몰골이 더 두려운지도 모른다

정작은 거듭거듭 네가 나를 찾아올 수 있도록 분별없이 내뱉는 내 철없는 주둥이가 더 두려운지도 모른다

자꾸만 가라앉는 아랫배로 말하거니,

절망이여 나는 네가 싫다 이제 그만 나를 찾아오거라 싫어도 어쩔 수 없다고 너는 말하지만 이제는 제발 네 집으로 돌아가거라 다시는 나를 찾아오지 말거라

이미 너도 네 집으로 돌아갈 때가 되지 않았느냐 나이가 제법 들지 않았느냐.

걸어 다니는 절벽

절벽이 걸어 다닌다 절벽이 뛰어 다닌다 걸어 다니는 절벽, 뛰어 다니는 절벽, 별안간 제자리에 멈춰서는 절벽, 제 발로 제 발등을 콱콱 찍어대는 절벽, 철기둥처럼 단단한 절벽, 솥뚜껑 같은 손으로 제 앞가슴을 탁탁 쳐대는 절벽, 이놈 절벽은 덩치가 커다란 논두렁 건달인가

건설현장 포클레인의 조수석에 죽치고 앉아 오가는 촌것들 뺑이나 뜯고 있는 절벽, 적당히 들어 올린 왼쪽 다리의 백구두 따위나, 빨간 양말 따위나 흔들고 있는 절벽, 오른손 검지와 중지 사이의 쪽쪽 빨아대던 담배꽁초나 시궁창 향해 툭 튕기고 있는 절벽

이놈 절벽은 거대한 멧돼지다 멧돼지가 두 발로 산비탈 콱콱 찍어댈 때마다, 앞가슴 탁탁 쳐댈 때마다 나도 너도 흐르는 강물처럼 온몸에 두려움이 흘러넘친다 막혀 있는 줄도, 뚫려 있는 줄도 모르는 저편 자본의 골목을 향해……

왼쪽으로 달아나면 왼쪽으로 막아서는 절벽, 오른쪽으로 달아나면 오른쪽으로 막아서는 절벽, 절벽은 우파인가 왼쪽으로 달아나면 왼쪽으로 막아서게 절벽은 좌파인가 오른쪽

으로 달아나면 오른쪽으로 막아서게 왼손가락과 오른손가락 겹쳐 툭툭 꺾어대는 절벽

이승만을 닮은 절벽, 박정희를 닮은 절벽, 전두환을 닮은 절벽, 노태우를 닮은 절벽, 이명박을 닮은 절벽, 박근혜를 닮은 절벽, 히틀러를 닮은 절벽, 스탈린을 닮은 절벽, 폴포트를 닮은 절벽……, 독재를, 자본을 좋아하는 절벽

한때는 나도 닮고 싶었던 절벽, 이놈 절벽이 다시 또 불쑥불쑥 철기둥의 제 다리를 여기저기 들이밀고 있다 제 발로 제 발등을 콱콱 찍어대며 자해하고 있다 한때는 나도 좋아한 적이 있는 절벽, 한때 나도 취한 적 있는 멧돼지 절벽, 포클레인 절벽……

이 땅에서 한바탕 살기 위해서는 포클레인이 되어야 하나 멧돼지가 되어야 하나 절벽이 되어야 하나 절벽은 권력, 절벽은 힘, 절벽은 폭탄…… 어이, 절벽, 권력이 좋구나 어이, 절벽, 힘이 좋구나 어이, 절벽, 폭탄이 좋구나 어이, 절벽, 자유와 평등, 사랑과 평화 따위는 끝내 좋은 줄 모르는구나.

제3부

겨울의 갈피

트럭
—서울

고속도로 위로 트럭이 달린다 월동 무, 월동 배추 가득 신고 달린다 무, 배추 속의 질소 인산 칼륨도 함께 달린다

이것들, 서울로 달려가서는 끝내 돌아오지 못할 진도 땅, 진도 흙이다 수천만 년을 두고 키워온 진도 땅, 진도 흙의 살이고 뼈다

강남 사람들, 강북 사람들 배불리 먹고 싸면, 이것들 수세식 화장실 거쳐, 한강 거쳐 서해로 흘러간다 흘러가서는 영영 돌아오지 못한다

서울 사람들 살찌는 만큼 진도 땅, 진도 흙 비쩍 마른다 모래가 된다 사막이 된다 끝내는 서울 사람들도 모래가 된다 사막이 된다.

웃는 얼굴

반갑다고 마구 달려오는
네 환한 얼굴 속
이렇게 깊은 슬픔
숨어 있다니

이빨 드러내놓고 까르르 웃는
네 맑은 눈망울 속
그렇게 아린 고통
들어 있다니

속으로는 악착같이 가슴을 치며
거듭거듭 다짐을 하는
웃는 얼굴이여
어진 내일이여!

뒷골목
—서울

투신자살과 칼부림
흘러넘치는 곳이다 개발과 투기
함부로 뒤섞이는 난장판이다
온갖 미세먼지와 매연
층층이 뒤덮이는 쓰레기장이다
거듭되는 교통 정체로
사람들 한숨 푹푹 내쉬는 곳이다
악의 소굴, 빈곤의 공장……
지저분한 곳이다 너저분한 곳이다
아니다 얼마 전부터는
나쁜 누명 죄 벗겨낸 곳이다
성장과 문명을 만드는
최고의 발명 공장이다
혁신과 변혁을 이끄는
뜨거운 엔진이다 건강하고 잘생긴
젊은이들의 벅찬 꿈
순식간에 다 이루는 곳이다

아니다 강남에서도 서초에서도
그런 꿈 귀한 곳이다
창조적 에너지로 넘치는 대기업들만
문득, 별안간, 갑자기
멋진 빌딩 우뚝우뚝 세우는 곳이다
그렇다 비정규직의 젊은이들
햄버거 하나로 점심 때우는 곳이다
꿀꺽 삼키는 눈물
가슴속 깊은 강물을 만드는 곳이다.

달항아리

귀하고 우아한 장식품으로
그윽하고 고전적인 소장품으로
우리 집 비좁은 거실 한구석
그윽하게 모셔져 있는
텅 빈 항아리, 백자 달항아리

이 오래된 달항아리 안에
무엇을 담으면 좋을까
밥을 담을 수는 없지
반찬을 담을 수는 없지

주춤주춤 자꾸 망설이는 사이
아내여 당신은 제 엉덩이를 닮은
이 멋진 달항아리 안에
꽃을 꽂는구려 내일을
사랑을 꽂는구려 평화를.

겨울의 갈피

맞서 싸워야 할 공동의 적도 없이 앞서거니 뒤서거니 터벅터벅 눈보라치는 산골짜기를 걸어 내려가야 할 때가 있다

머리칼은 풀풀 흩날리고, 다리는 푹푹 꺾어지고 서로가 서로에게 기대지 않고서는 한 걸음도 더 내딛기 어려운 때가 있다

형편이 이렇게 급박하게 돌아가는데도 해와 별의 운기가 바뀌면 함께 걷는 사람들 마음 깊이 송곳고드름이 매달릴 때가 있다 떨어져 사람의 정수리에 맞으면 죽고도 남을 날카로운 송곳고드름이

가끔은 우두둑 떨어지는 송곳고드름에 발등이 찍혀 피를 줄줄 흘리며 절뚝절뚝 눈보라치는 산골짜기를 걸어 내려가야 할 때도 있다

우선은 그렇게라도 산골짜기를 걸어 내려가야 하지만 누군가는 이때의 일들 가슴의 깊이 저장해 두어야 한다

겨울은 본래 갈피마다 무엇인가를 숨기고 감추는 계절, 갈피를 잃어버려 다시는 꺼내지 못하더라도 가슴 깊이 그것을 저장해 두는 것은 아름다운 일이다 봄이 오고 여름이 오더

라도 그것은 소중하고 귀한 일이다

다 함께 산골짜기를 걸어 내려가면서도 사람들 마음 깊이 송곳고드름이 열리는 것이 어찌 당신 탓이랴 해와 별의 운기가 바뀌어 그렇거늘……

눈보라치는 산골짜기를 걸어 내려가다 보면 아무래도 앞장서는 사람이 좀 더 세찬 고통과 맞설 수밖에 없다 그러니 사람들이 다 앞장서는 일을 망설이리라

눈보라 중에는 송곳고드름도 섞여 있는 법, 그렇다고 하더라도 일단은 불빛 환한 인가를 향해 이 추운 산골짜기를 터벅터벅 걸어 내려가야만 한다

인가의 따뜻한 아랫목에 발을 묻고 몸을 녹인 뒤에는 천천히 밝아오는 새벽을 맞으며 털벙거지를 벗고 서로의 얼굴을 거울에 비춰 보아도 좋다

그때쯤에는 이미 각자의 마음이 다 거울, 그러니 무엇보다 먼저 해야 할 일은 이 추운 겨울을, 산골짜기를 벗어나는 일이다

그렇게 생각하며 터벅터벅 산을 내려가는 지금 더는 마음

깊이 송곳고드름 따위 만들지 말아야 한다 그동안의 자잘한 의심 따위 다 녹여버려야 한다 내내 서로를 믿고 기대며 의지하는 수밖에 없다.

이 지랄을 뭐라고 하나

선달이다 해와 별의 운행이
바뀌고 있다 조금만 참아라 달 넘어간다
올해도 선달이라 어김없이
해코지하는 놈들 있다 선달 중에서도 오늘은 너무 힘들다 삶의 길 함부로 뒤틀린다
저놈들 보아라 한순간 요동을 치며
아득바득 지랄을 떠는 것들
깡패 짓을 하는 것들
해가 바뀌기 전에 반드시 나타나는 저 나쁜 기운을 어쩌나
더는 견디지 못하는 것들, 끝내 참지 못하는 것들, 마구 터져 나오는 것들……
때가 되자 한꺼번에 저것들 뛰쳐나와
몽니를 떨기 시작한다
몰아치는 한파 속에서도
흩날리는 눈발 속에서도 지랄을 떨어댄다 우르르 몰려다니며 순하고 여린 것들, 약하고 착한 것들, 차마 어찌할 수 없는 것들……

느닷없이 몽둥이로 뒤통수를 후려친다
우정이니, 신의니, 정의니 하는 것들
송두리째 잊어버리고는
타오르는 질투의 화신이 되어 혼돈의 이름으로, 무질서의 이름으로 그동안의 따뜻한 관계들 깨뜨려버린다 이 지랄을 뭐라고 하나 이 고통을
해와 별의 운행이 바뀌기 전
우르르 몰려다니는 이 삿된 기운을 뭐라고 하나
그만그만, 이놈들의 지랄발광을 차마 어쩌나.

공동의 적

아직도 그는 나와 공동의 적을 갖고 싶어 했다 자신과 어깨동무를 하고 더불어 싸울 공동의 적……

걸핏하면 그는 자신의 적을 떠벌려 내게 동지가 되기를 구했다 평소에 잘 해야지 적보다 동지가 더 의심스러워 나는 시큰둥했다

매사에 공동의 적을 갖고 싶어 하다 보니 그는 너무 일찍 많은 적을 만들게 되었다

누가 진짜 공동의 적인가 진짜 공동의 적이 나타나면 아무래도 분별을 못할 것 같았다

워낙 적이 많다 보니 그는 마침내 적에게 사로잡히게 되었다 너무 많은 적의를 드러내다가 그만 적에게 온몸이 노출되고 만 것이다

적에 사로잡혀 신음하면서도 그는 제 버릇 개 주지 못했다 당연히 그는 개만도 못한 자식이라고 사람들한테 손가락질을 받았다

개만도 못한 자식, 공동의 적이라는 말에 지쳐 있던 내게 이 말은 입에 쩍쩍 달라붙을 만큼 신선했다

오래지 않아 공동의 적은 있으면서도 없게 되었다 모든 적은 그의 적이면서도 나의 적, 나의 적이면서 그의 적이었다 있으나마나 한 공동의 적……

적의 적은 동지라고 했나 적을 만드는 일에 지쳐 그는 동지를 만드는 일에도 지친 듯했다 내게는 그것이 한 움큼 깨소금이었다

적과 동지라는 말을 없앨 수는 없을까 적과 동지라는 말을 없애려다 보니 문득 말이 없어지면 마음도 없어질 것 같다는 생각이 들었다.

쇼핑센터
—서울

신세계백화점, 경방플라자, 이마트, 롯데마트, 홈플러스, 세종아울렛, 아울렛, 아울렛……

쇼핑센터로 가득한 이 거리에서 털 뽀얀 강아지를 안고 힐끔대고 있는 밍크코트의 여인아 어지럽다고

모든 거리가 쇼핑센터인 도시도 있고, 도시 자체가 쇼핑센터인 나라도 있거늘, 뭐 그리 놀라워 어지럽다는 거니 이런 정도의 쇼핑센터 거리에서

우동 한 그릇을 먹으러 비행기를 타고 일본까지 갔다 오는 오픈카의 여인아

롯데백화점은 공기가 탁하다고, 현대백화점도 공기가 탁하다고, 야야야 화성의 여인아

쇼핑센터 지하아케이드에서 불어오는 미세먼지가 이 땅을 가득 덮은 지 이미 오래잖니

싱가포르의 얘기가 아니야 홍콩, 도쿄, 엘에이, 맨해튼의 이야기가 아니야 압구정동, 홍대 앞의 이야기가 아니야

홈플러스, 홈마트, 홈토피아, 홈마트…… 그냥 홈 이야기야 홈마니 반메홈, 홈홈홈 그냥 작고 낮은 쇼핑센터 이야기

야 홈홈홈

홈에도 계급이 있기는 하지 쇼핑센터에도 계급이 있기는 하지

절망에도 계급이 있는 것처럼 사랑에도 계급이 있는 것처럼, 죽음에도 계급이 있는 것처럼……

야야야 지구의 청년아 인터넷 마우스를 휘두르면 너희 집 안방이 쇼핑센터잖니 아케이드잖니

무엇인들 못 사겠니 무엇인들 못 팔겠니 팔고 사는 것이 세상의 모든 것이거늘

인터넷 쇼핑몰, 인터넷 쇼핑몰 (이제는 핸드폰으로도 쇼핑을 한다더라) 새로 시작한 네 인터넷 쇼핑몰 잘 되니 클릭 수 늘었니 섹스 수 늘었니.

질주
—이상에게

아이가 자라 아저씨가 된다 아저씨가 아직도 무섭게 도로를 질주하고 있다

그새 많이 늙었다 얼마 전까지만 해도 청년이었는데……

이제 도로는 막혀 있다 뚫린 도로는 없다

(도로가 아니라 골목이라고 해도 좋다)

정신없이 도로를 질주해도 두렵지 않다 불안하지 않다 초조하지 않다 아저씨는, 근대라는 저 고속열차는

저 자신을 두려워하지 않는다 불안해하지 않는다 초조해하지 않는다

저 자신이 두려움이기 때문이다 불안이기 때문이다 초조이기 때문이다

넋 놓고 정신없이 질주하다 보면 이내 도로는 끝난다

도로의 끝은 드높은 절벽이다 아니다 까마득한 낭떠러지다

허겁지겁 앞으로만 질주하다 보면 도로의 끝, 절벽에 부딪쳐 죽는다 낭떠러지에 떨어져 죽는다

(도로가 아니라, 골목이 아니라, 길이라고 해도 좋다)

아저씨야 그새 많이 늙은 옛 아이야 아이고, 이 고속열차야

걸어라 걸어야 도로의 끝이 어딘지 알 수 있다 무엇인지 알 수 있다

끝이 어딘지 알면 돌아설 수 있다 밧줄을 타고 올라가거나 내려갈 수 있는 도로 밖 다른 세상은 없다

도로 위 이 거리가 다른 세상이다

길은 막혀 있다 뚫린 골목은 없다 걸어라 뒤돌아 걸어도 좋다

더 이상 질주하면 안 된다 너무 빨리 절벽에, 낭떠러지에 이르면 안 된다.

고인돌

아직도 저승으로 가지 못하고
바람소리 물소리로 이승 떠돌고 있는 영혼,
되돌아오면 안 되지
다시 몸 입으면 안 되지
골짜기 덤불숲 어디
멧새의 깃털처럼 숨어 있는 영혼
물결 따라 바람 따라
후딱 날려 보내야지 순식간에 저승으로
허공을 떠돌다가 그냥 되돌아오고야 말 것만 같은
너무도 가벼운 영혼
무섭지 더는 되돌아오지 못하도록
아직 썩지 않은 몸, 크고 무거운 돌로
꽉꽉 눌러 두어야지
크고 무거운 돌 아래 누워 있을수록
더욱 빨리 비바람에 씻겨나가지
씻겨나가지 않는 몸, 축축한 몸, 마르지 않는 몸……
그런 몸은 너무 겁나지

언제 저 영혼 되돌아와
남은 사람들 괴롭힐지 모르지
뒤집어버릴지 모르지 뒤집지는 못하더라도
사람들 가슴 아프게 할 것이 뻔하지
저 무서운 영혼, 영영 되돌아오지 못하게 하려면
크고 무거운 돌로 꽉꽉 눌러 두어야지
돌 속으로 들어가 돌이 되도록
돌이 되어 다시는 돌아오지 못하도록.

수락폭포를 읽는 법

수락폭포를 읽는 법은 세 갈래지만 수락폭포에 오르는 길은 두 갈래이다

왼쪽으로 오르는 길은 젊고 거칠고 삐딱하다 오른쪽으로 오르는 길은 늙고 순하고 편하다

왼쪽으로 오르는 길은 왼쪽으로 읽는 법을 데리고 있다 오른쪽으로 오르는 길은 오른쪽으로 읽는 법을 데리고 있다

왼쪽으로 읽는 법은 젊고 거칠고 삐딱하다 오른쪽으로 읽는 법은 늙고 순하고 편하다

어느 쪽으로 읽는 것이 좋은가 어느 쪽으로 읽는 것이 옳은가 좋은 것은 없다 옳은 것은 없다

오른쪽으로 읽고 싶으면 오른쪽으로 읽어도 된다 왼쪽으로 읽고 싶으면 왼쪽으로 읽어도 된다

어진 마음이 시키는 대로 하면 된다 어진 마음에는 정의가 들어 있다

수락폭포를 읽는 법은 한 가지가 더 있다 왼쪽이면서 오른쪽으로, 오른쪽이면서 왼쪽으로 읽는 법이 그것이다 이 방법으로는 쉽게 수락폭포에 오르지 못한다

어느 쪽으로 읽어야 수락폭포가 잘 보이는가 어느 쪽으로 읽어야 수락폭포가 아름답게 보이는가 잘 보이는 것은 없다 아름답게 보이는 것은 없다

어느 쪽으로 읽어도 수락폭포는 잘 보인다 어느 쪽으로 읽어도 수락폭포는 아름답다

나처럼 왼쪽이면서도 오른쪽으로, 오른쪽이면서도 왼쪽으로 읽으라고 강요하지는 않는다 불이의 눈이라고는 하지만 회색의 눈일 수도 있기 때문이다

더러는 회색의 눈이 좀 더 밝을 때도 있다 수락폭포가 훨씬 더 환할 때도 있다.

가로등 불빛

진제마을 가로등 불빛은 어머니의 마음을 갖고 있다 너그럽고 넉넉한 사랑을 갖고 있다

그녀는 홈마트 입구 오른쪽 빈터, 아무렇게나 쌓여 있는 고구마 포대까지 따스하게 감싼다

왼쪽 계단 입구에 세워둔 승용차의 유리에 반사되면서도 그녀는 주변의 잡동사니들 밝게 빛낸다

그녀를 따라 되살아나는 온갖 것들, 모두 착실하고 성실하다

함부로 버려져 있는 무청, 배춧잎, 찢어진 신문지, 구겨진 빵 봉지, 짓이겨진 담배꽁초……

이것들 홈마트에 취직해 막일하는 충청도 공주 청년처럼 입이 무겁다

밤이 깊어도 그녀를 따라 진제마을 작은 꽃밭에는 온갖 잡동사니들 환하게 모여 재잘댄다

한참 짓이 난 단풍나무 잎사귀는 부는 바람 따라 제 앞치마 마구 흔들어댄다 젖은 손도 함께 흔들어대며 호호호 웃는다

아침이 와도 즐거운 마음으로 주변을 환하게 빛내는 이 마을 가로등 불빛……

식육식당 아래 반찬가게에서 콩자반과 무말랭이를 사들고 나오는 머리칼 희끗한 사내의 가슴까지 호돗하게 감싼다

밤이 지나고, 새벽이 오고 아침 햇살이 어둠을 다 먹어치울 때까지 그녀는 진제마을 작은 골목들 부드럽게 어루만진다.

칼

당신은 칼을 갖고 있다 끝이 뾰쪽한 칼을
세 치 혓바닥처럼 당신은 잘도 칼을 놀려댄다

손수건에 덮여 있는 마술사의 비둘기처럼
당신은 갑자기 내 옆구리에 칼을 꽂아댄다

너무 아파요 그래요 제발 좀 칼을 빼주세요
죽으면 어쩌려고 그래요 무섭고 두려운 나는
기어들어가는 목소리로 겨우겨우 말한다

피 묻은 손을 닦으며 칼이 아니야 바늘이야
바늘을 꽂을 뿐이야 당신은 늘 거침없이
지껄여댄다 침이라도 꽂은 무슨 한의사처럼

칼이 장기에까지는 닿지 않기 때문일까
피가 철철 흐르는데도 당신은 칼 장난을 해댄다

잘도 칼을 놀려대는 당신, 바늘이 침이 아니라
칼을 갖고 있는 당신, 날카로운 칼에 찔려
나는 지금 앓고 있다 끙끙대며 신음하고 있다

당신은 칼을 갖고 있다니까 침이, 바늘이 아니라
끝이 뾰쪽한 칼을, 독이 묻은 날카로운 칼을.

을지로 지하아케이드
—서울

을지로 지하상가, 지하 아케이드
땅속에까지 온갖 상품들, 온갖 물건들 즐비하지
파리바게뜨 옆 크라운베이커리
크라운베이커리 맞은편 건강음료 특판점
거기 지하 회랑을 따라 걸으면
좌우로 남성의류점, 악기점, 명함가게, 등산용품점, 란제리
가게, 떡집, 복권방, 가방가게, 시디가게……
온갖 물건들 팔고 팔리기 위해
몸을 꼬며 전시되어 있지
온갖 상품들 섹시 스타일로 늘어서 있지
거침없이 땅속을 달리는
지하철 2호선을 타기 위해 오가는 발걸음들
저부터 사 달라며 붙잡는
저 자본의 수작이라니!
삼성 갤럭시, 광고 속 젊은 사내의 몸매가
역시 가장 도시적이지
까칠한 도시 남자, 까도남!

그렇지 여자들의 구매력이 훨씬 더 높지
을지로 지하상가, 지하 아케이드
이제는 조금 낡았지 지하철 2호선이 개통된 지도 벌써 30년……, 낡으면 낡은 만큼 편안해지기는 하지
아찔한 도시 여자, 아도녀 눈 돌리지 않지
더는 비싼 돈 되기 어렵지 그래도
걱정이 없지 편안한 도시 아줌마, 편도아도 있으니까
너무도 익숙한 을지로 지하상가, 지하아케이드
걱정 없지 아직은 없는 것 없지.

공든 탑
—국가

반백 년이 훨씬 넘게 애써 쌓아올린 탑, 일만 개가 넘는 돌멩이로 쌓아올린 탑, 탑을 쌓는 동안 사람들 사이
얼마나 많은 싸움 있었나
얼마나 많은 아픔 있었나
얼마나 많은 죽음 있었나

잠시 어리둥절한 사이
사람들 탑을 허물고 있다 저도 모르게
탑이 있어 나쁜 세상이
탑이 없어 좋은 세상을 만들고 있다 일만 개가 넘는 돌멩이로 흩어져야 시냇물과 숲의 영혼이 되살아날 수 있다

탑돌이를 하며 탑을 가꾸어온 사람아 반백 년을 훨씬 넘게 피땀 흘려 탑을 쌓아올린 사람아
이제는 제 손으로 제가 쌓은 탑
기어이 허물고 있는 사람아
허물 때가 되었다고 믿는 사람아

당황하지 마라 탑을 허무는 일도

역사와 함께하는 일, 서러워 마라

이 또한 오늘 하루를 만드는 일

탑을 무너뜨리는 일도 탑을 쌓을 때처럼 공을 들여야 한다 어느새 공든 탑, 공들여 무너지고 있다 모래가 되고 있다.

코 고는 여자

쉰이 훨씬 넘어버린 여자, 이미 여자를 버린 여자, 저 자신까지 다 잊어버린 여자, 더할 것도 뺄 것도 없는 여자, 생활로 꽉 차 있는 여자

오늘 밤도 드르렁드르렁 코를 골고 있네 사내 곁에 누워 시끄럽게 목젖 떨고 있네 온갖 매력 떨고 있네

32평 낡은 아파트, 옆집에까지 들릴까 봐 걱정이네 이러다가 아랫집 사람들, 윗집 사람들 다 깨우면 어쩌나

이 여자, 너무 피곤한 여자, 하루 종일 종종댄 여자, 사내와 자식들 위해 허겁지겁 뛰어다닌 여자

너무 지쳤나 보네 이순이 내일 모레인 여자, 어쩌나 이 여자, 아주 오래된 여자, 늘 식구들 미안하게 하네

대추나무 홍두깨처럼 단단하고 미끈하던 여자, 한때는 아

들 둘 쑥쑥 낳아 시부모 사랑 독차지하던 여자, 집안사람들 흐뭇하게 하던 여자.

제4부

저녁의 기도

어둠의 혀

어둠은 긴 혀를 갖고 있다 어둠의 혀는 살모사의 그것처럼 두 가닥이다
두 가닥의 혀를 날름대며 세상 먹구름으로 만드는 어둠의 저 긴 몰골을 보아라
걸핏하면 그는 심술을 부려 세상, 먹빛 땅거미로 뒤덮는다
아무데서나 지랄을 떠는, 어디서나 꼬라지를 떠는 어둠의 저 긴 두 가닥 혀를 어쩌나
밝은 대낮이 계속되는 것을 끝끝내 그는 견디지 못한다
두 가닥 붉고 긴 혓바닥을 내밀어 어느새 그는 내 여린 가슴 핥고 있다 내 착한 아래께 깨물고 있다
날름대는 변덕으로 가득 차 있는 어둠의 저 두 가닥 혀는 긴 꼬리 여우인가
안방 가득 절망과 좌절 불러들이고 있는, 여기저기 죽음의 새싹 키우고 있는 어둠의 저 긴 두 가닥 혀를 어쩌나
오늘도 그는 온갖 재주를 부려 밝은 대낮, 캄캄한 밤으로 바꾸고 있다.

초겨울

바람이 차다 어느새 집 밖
거리의 보도블록들
한기를 내뿜고 있다 어지럽다

발길에 차이는 낙엽들
그만 흙이 되고 있다
자꾸만 서늘해지는 목덜미라니

벌써 집 앞 골목에도
하얀 그늘이 늘고 있다
더는 망설이지 말아야 한다

마음까지 고드름이 얼면 안 된다
조심해야 한다 두꺼운
내의도 입고 머플러도 해야 한다

겨울은 무섭다 여기저기

발길에 차이는 낙엽들

생명들 데리고 흙으로 간다.

저녁의 기도

온갖 일들로 발발대고 종종댄
또 하루의 밤이다 미처 잠자리에 들기 전
조그만 방석을 펼치고 앉는다
어지럽게 흐트러져 있는 마음 모아
기도를 올린다 천태산
오래 묵은 은행나무 잎사귀들처럼
노랗게 저무는 마음이라니
때가 되면 조용히
땅으로 떨어져 내릴 것이거늘
무엇이 두려운가 무엇이 겁나는가
다시 또 아침이 오고, 아침과 함께
별별 고통과 슬픔이 밀려올지라도
또 하루의 자잘한 일들 즐길 수 있으면 된다
서둘러 하루를 보내고
서둘러 하루를 맞는 시간
무엇이 오늘을 만들고
무엇이 내일을 만드는가

거울 앞에 무릎을 꿇고 앉아
묻고 또 묻는다 물을수록
더욱 무너지는 마음 긁어모아 기도를 올린다
마음이 맑아야 몸도 맑을 것 아닌가
나 역시 하나의 생명
내 몫의 생명을 다하기 위해서라도
백팔 번 절하고, 백팔 번 기도를 올린다.

역사에 대하여

나는 누구처럼 줄넘기 장난을 하며 역사에 대해 절망하지 않는다 역사가 달의 행로를 밟을지라도 너무 괴로워하지 않는다

역사가 쓰리고 아프기는 하다 그래도 그이처럼 요란스럽게 엄살을 떨지는 않는다

어떤 가수인들 온몸으로 노래하지 않으랴 모든 노래는 다 안이비설신의, 색성향미촉법, 시청후미촉지로 오거늘

그럴수록 나는 수나사의 사랑으로 내일을 꿈꾼다 수나사의 사랑이 아니라 도래송곳의 사랑이라고 해도 좋다

오른손 검지로는 하늘을 가리키고 왼손 검지로는 땅을 가리키는 것이 차라리 나을 때도 있기는 하다

세상의 모든 사물과 존재가 아직 다 높고 귀하지는 못할

지라도 너무 크게 아쉬워하지는 않는다

동서남북으로 일곱 발자국씩 걷고 제자리에 돌아오지는 못할지라도…….

오늘도 역사는 줄넘기 장난을 하면서도, 달의 행로를 밟으면서도 조금씩 앞으로, 낮은 곳으로 나아간다 그렇게 믿는다 꽃피운다.

신문지
—서울

어렸을 때는 신문지를 두 손으로 펴들고 읽는 것이라고 생각하지 못했다 신문지는 벽에 바르는 벽지이거나 뒷간에서 쓰는 밑씻개였다 신문지를 두 손으로 펴들고 읽는 것은 면장님이나 하는 일이었다

벽지 대신 신문지를 바른 허드렛방에서는 한국일보가 가장 눈에 잘 띄었다 짧은 시 한 편이 실려 있는 한국일보는 특히 소리 내어 읽기에 좋았다 뒹굴뒹굴 벽지를 읽는 재미라니

그때는 누구도 조선일보 이불을 덮고 자지는 않았다 그때는 누구도 중앙일보 밥상을 펼쳐 아침식사를 하지는 않았다 용산역 지하철 정거장 안, 동아일보 이불을 덮고 잠들었다가 꼬조조 눈을 뜨는 사람들……

눈을 뜨자마자 누구는 한겨레신문을 펼쳐 아침상을 차렸다 더러는 문화일보를 펼쳐 아침상을 차리는 사람도 있었다

아침이라야 비닐봉지에서 꺼낸 빵부스러기 따위를 우물우물 입안에 털어 넣는 것이 고작이었다

가끔은 쏟아지는 아침 햇살이나 한 움큼 입안에 털어 넣는 사람도 있었다 경향신문을 덮고 잤기 때문일까 이들한테서는 쉬어터진 인쇄잉크 냄새가 났다 고향집 외양간의 두엄 냄새가 났다.

회전문
—서울

회전문은 커다란 주둥이다 굵고 둥근 흡반을 갖고 있다
아무것도 사양하지 않는다

회전문은 널름널름 잘도 삼킨다 멋지게 차려입은 쌍쌍의
신사숙녀 여러분을

회전문은 늘 배가 고프다 순식간에 그분들을 집어삼킨다
싸구려 연놈들로 만든다

회전문을 바라보고 있으면 문득 나도 싸구려 연놈들이 되
고 싶을 때가 있다

누군들 연놈들이 되고 싶지 않으랴 피 끓는 젊음을 갖고
있거늘 신사숙녀 여러분으로 남고 싶으랴

커다란 주둥이는 다 굵고 둥근 흡반을 갖고 있다 회전문
이 아니라도 그렇다 무엇 하나 사양하지 않는다.

딱지

피가 줄줄 흐르는 가슴 위에 딱지가 앉는 데 얼마나 많은 세월이 걸릴까

금 간 손가락뼈가 아무는 데만 해도 5주가 걸린다는데…… 가슴에 칼을 맞고 줄줄줄 피를 흘린 지도 벌써 십여 년

상처가 아물 때도 되었지 상처에 딱지가 앉을 때도 되었지 굳고 있는 딱지를 어루만지는 것으로 하루를 살지라도

밥은 먹어야지 밥을 먹기 위해서라도 사람은 필요하지 사람들 사이의 사랑은 필요하지 시련은

아물고 있는 가슴의 딱지에서, 딱지 속 상처에서 다시금 줄줄 피가 흐를지라도

사람들 사이의 믿음은 필요하지 기리고 받드는 마음은 꼭 필요하지.

반성

삿된 공명심에 쫓겨 문단의 소임을 맡고 보니 하루하루 술자리가 끊이지 않는다

한때는 소주를 글라스에 따라 마시며 우세하는 친구들을 얼마나 경멸했던가

이들, 옛 마초들, 지금은 다 불귀의 객이 되어버린 지 오래지만, 물이 되고 흙이 된 지 오래지만

벌써 보름이 넘게 술을 마시며 횡설수설 살아가고 있는 모습이라니

문단의 소임을 맡은 것이 아니라 술단의 소임을 맡은 것이고나

이렇게 반성을 하면서도 술을 마시고 오징어 대신 세상을 씹어대는 것이 재미있고나

이런저런 몽상에 빠져 있다가 보면 체질이 바뀌었나, 하는 생각이 들 때도 있다

정신없이 술자리를 쫓아다니다 보니 언제 제대로 된 책을 읽었나 하는 생각이 들기도 하고……

오늘도 기껏 문예지나 뒤적거리며 시간을 낭비하고 있다

더러는 논두렁건달로 사는 것이 체질이 아닌가 싶기도 하다

한때는 책 읽고, 공부하고, 연구하고, 강의하는 것이 삶의 전부인 줄 알았는데……

술을 마시며 웃고 떠들어대는 것이 체질이라니 참 딱하고나

그러다가 엉덩이를 두드리며 집에 돌아와 하루를 되돌아보다니, 참 한심하고나

논두렁건달의 시간을 너무 좋아하고 있고나, 싫어하는 척 좋아하고 있고나

지금도 싫어하는 척 좋아하는 마음 물끄러미 들여다보고 있는 것 아닌가.

병풍

벽인 줄 알았다 도저히 어쩌지 못할 절벽인 줄 알았다 용기를 내어 살펴보니 벽이 아니었다 접었다가 펼 수 있는 병풍이었다

병풍은 나와 세상을 끊어놓았다 병풍 속의 꽃과 나비에 취해, 떨어지는 계곡의 폭포에 취해 한 세상 잘 살다 가라는 뜻인 듯했다

꽃과 나비에게도 가슴이 있기는 했다 계곡의 폭포에게도 사랑이 있기는 했다 사랑에 취해 한 세상 살지 못할 것도 없었다

그래도 그렇지 병풍 따위에 취해
세상과 나 사이가 끊어지고 말다니
병풍이 뭐 휴전선인가 국경선인가

병풍은 돈인지도 몰랐다 돈이라니, 딱한 일이었다 슬픈 일

이었다 자신의 뜻과 달리 병풍이 벽으로, 절벽으로 살아왔기 때문인지도 몰랐다

병풍 따위를 접어치우는 데도 용기가 필요했다 절망이 필요했다 마음 모아 정성을 다하다 보면 무엇인들 접어치우지 못하랴

넝쿨 콩의 마음을 갖고 있거늘, 나 어찌 병풍 따위 접어치우지 못하랴 기어오르지 못하랴 벽 따위, 절벽 따위 어찌 허물어버리지 못하랴.

길
—큰스님의 말씀

오른쪽으로 가는 숲의 길이 있고, 왼쪽으로 가는 사막의 길이 있나니라 오른쪽으로 가는 숲의 길도 원을 만들고, 왼쪽으로 가는 사막의 길도 원을 만드나니라 원을 만드는 길은 길을 낳는 길, 모든 길은 다 엉키고 꼬이며 서로 만나나니라

사막의 길 걷는 것을 서러워 말고, 숲의 길 밟는 것을 기뻐하지 말라 하루살이에게는 하루가 백년, 하루를 산들 어찌 백년을 살지 못하겠느냐 승가의 길도 숲의 원을 그릴 때가 있고, 속가의 길도 사막의 원을 그릴 때가 있나니라

붕새에게는 천년인들 짧지 않으랴 하루살이에게는 하루인들 길지 않으랴 남을 닦는 일이 자신을 닦는 일, 자신을 닦는 일이 남을 닦는 일, 쉽게 가는 길이라고 어찌 아프지 않으랴 어렵게 가는 길이라고 어찌 즐겁지 않으랴.

깜박깜박

어제는 수첩을 집에 두고 출근해 점심시간에 급히 집에 다녀왔다 집이 가까워 다행이다

그제는 지갑을 어디에 두었는지 몰라 안방이며 거실을 홀랑 뒤집어놓았다 새벽부터 혼비백산했다

마누라가 곁에 있었으면 까마귀 고기를 삶아 먹었냐며 어지간히 지청구했겠다

오늘은 핸드폰을 사무실에 두고 서울행 고속열차를 탔다 사무실에 다녀올 수도 없어 고속열차 안에서 내내 동동 발을 굴렀다

올해 들어 너무 지쳐 제대로 나를 챙기기 힘들었다 자주 깜박깜박했다

늙어가는 걸까 일을 마치고 나면 온몸에서 기운 빠져나가는 소리, 쇠리쇠리 들렸다.

어떤 아침

눈 뜨기 싫다 잠 깨기 싫다 마냥 누워 자고 싶다 어젯밤 TV를 보느라 통 잠 못 잤다

함부로 조작되는 마음들이라니
멋대로 조작하는 마음들이라니

저 참 한심한 TV와 신문……, 그렇다 이 나라 사람들, 다 들쥐다 순식간에 이리저리 몰려다니는 걸 보면

TV와 신문이 몰고 다니는 거다
어쩌나 그 일 죄 알고 있거늘

때 절은 이불 속……, 더 이상 누워 있어서는 안 된다 이런 일 어디, 한두 번이었나 툭툭 털고 일어서야 한다

벌써 창밖이 시원히 밝다 따져보면
지면서도 이기는 것이 역사 아닌가.

결별

지금도 그 친구와 만나느냐고 누군가 물어오기라도 하면 이제는 만나지 않는다고 굳이 말하지 않으마

얼마 전 서초동 무역센터 근처 꽤 넓은 아파트로 이사한 그 친구를 두고 너무 잘 사는 것 아니냐고, 올챙이 적 꿈은 다 잊은 것 아니냐고 철없는 어느 놈이 물어오기라도 하면 이제는 정말 아무것도 말하지 않으마

반포에 사두었던 재개발 아파트 두 채가 강북에 새로 지은 아파트 일곱 채가 되면서 벼락부자가 되었다는 그 친구에 대한 소문도 끝내 못 들은 척하마

복부인이라고 온갖 욕을 다 먹으면서도 큰돈을 모아 여기저기 로비 해 남편을 장군으로 만들고, 장군을 대통령으로 만든 사람조차 영부인이라고 받들어온 것이 이 나라의 국민 아니냐

무슨 도덕이나 정의를 기준 삼아 더는 그 친구한테 아무것도 욕하지 않으마

국민 모두를 벼락부자로 만들어주겠다는 헛된 공약만으로도 쉽게 대통령으로 뽑히는 것이 이 나라가 아니냐

현실이 그렇거늘 이 친구가 부동산 투기를 해 좀 돈을 모은 것이, 좀 넓은 아파트로 이사를 간 것이 무슨 큰 죄라는 말이냐

최근에 간행한 멋진 시집으로 오랜 전통과 권위를 자랑하는 문학상을 받은 것이, 상을 받기 위해 그가 좀 로비를 한 것이 도대체 무슨 죄라는 말이냐

얼마 전부터 그가 제법 권위 있는 문예지의 주간을 맡은 것이, 그리하여 문단의 새로운 실력자로 부상을 한 것이 대체 당신에게 무슨 손해를 끼쳤다는 것이냐

이런저런 일로 더욱 유명해진 그 친구를 아직도 만나느냐고 누가 물어오기라도 하면 이제는 만나지 않는다고 굳이 말하지 않으마

자꾸만 높아만 가는 이 친구를 도와주기는커녕 걸핏하면 폄하하는 녀석들과는, 질투심으로 가득한 쪼잔한 녀석들과는 더는 말을 섞지 않으마

무슨 문단행사의 뒤풀이에서, 옛 친구 할머니의 장례식장에서 엉망진창으로 취해 내게 침을 탁탁 뱉으며 개새끼, 씨

팔 놈, 좆같은 놈…… 온갖 욕을 좀 퍼붓더라도 지금껏 그의 어깨를 다독여온 것이 나 아니냐

그러니 아직도 그 친구를 만나느냐고 누가 물어오기라도 하면 어찌 만나지 않는다고 말할 수 있겠냐

더는 하늘이 부끄럽다고 손가락으로 얼굴을 가리는 짓 따위는 하지 않으마 본디 더럽고 추악한 것이 세상이거늘 어찌 격식을 갖춰 이 오랜 친구와 결별을 할 수 있겠냐 그냥 공기처럼 바람처럼 함께 숨을 쉬며 살아갈 수밖에…….

TV를 켜놓고

한밤중인데 소변이 마려워 얼핏 잠 깬다
어머니의 방에서 들려오는 TV 소리 시끄럽다
오늘도 TV를 켜놓고 잠들었나 보다

TV 속 낯모르는 사람들이라도 만나야
외롭지 않나 보다 견딜 수 있나 보다

신새벽인 데도 TV를 켜놓고 있는 어머니
적당히 시끄러워야 단잠을 자나 보다

숙면을 하라고 살짝 TV 리모컨을 누른다
순간, 방 안 가득히 밀려오는 적막……

다시 또 내 방으로 돌아와 잠을 청하는데
어느새 귀를 헤집는 소리소리 요란하다
어떤 것이 진짜 숙면인지 참 알기 어렵다.

해설 · 시인의 말

해설

생활의 깊이와 사유의 구체성

황정산(시인, 문학평론가)

1. 들어가며

언제부터인지 우리 문단에서 '서정'이라는 말이 부정적으로 또한 비하적으로 인식되어 왔다. 특히 '낡은 서정'이라는 말이 관용적으로 사용되면서 서정성은 시대착오적인 고루한 것으로 치부되기까지 하고 있다. 하지만 서정은 단순한 기법의 문제가 아니라 양식의 문제이고 문학 장르를 구별하는 기본적 존재 형식의 문제이기도 하다. 본질적으로 시는 서정에 의존한다. 아무리 서정성을 부정하는 시라고 하더라도 그것은 서정에 기대 서정을 부정할 수 있을 뿐이다. 이렇게 보았을 때 서정이 낡은 것이 아니라 '낡은' 서정이 문제인 것이다.

서정은 인간의 감각과 그것이 불러일으키는 정서를 통해 세상을 파악하고 표현하는 방식이다. 때문에, 그것은 때로 반지성, 비이성적인 것으로 치부되기도 하지만 그보다는 기존의 지성과 이성의 영역을 확대한다. 아무리 합리적 이성이 지배하고 지식과 과학이 우리의 삶을 규정하더라도 시가 불러일으키는 서정이 아직 우리를 감동하게 만들고 움직이게 하는 것은 이 때문이다. 그러므로 아직은 우리 시인들이 이 서정의 힘을 포기할 수 없는 것은 물론이다.

이은봉 시인은 바로 이런 서정의 힘을 가장 잘 보여주는 시인이다. 서정시의 본령을 잃지 않으면서도 목가적이거나 감상적인 낡은 서정에 함몰되지 않고 끊임없이 서정을 확대하여 그것이 보여줄 수 있는 첨단의 모습을 우리에게 보여 줘 왔다. 이번 시집의 시적 성과도 이런 연장선상에서 바라볼 수 있다.

2. 생활의 재발견

이 시집 제목은 '생활' 이다. 사실 너무 쉽게 시집의 경향을 드러내는 제목이어서 독자들이 조금은 맥이 빠질 수 있다. 하지만 시인이 이런 제목을 정한 것은 그만큼 이유가 있어서인 듯 하다. 그간 첨단의 언어를 좇기만 바쁜 우리 시단의 흐름이 우리 삶에서 너무도 유리된 언어의 유희에만 탐닉하지 않았나 하는 비판적 의식이 이 단어 속에 들어 있다. 또한, 언어를 다시 삶의 한가운데로 불러내려는 시인의 일관된 시의식의 표현이기도 하지만 그것은 또 다른 새로운 시작이기도 하다. 그동안 생활은 상투적이라는 이름으로 폄하되기도 하고 현실이라는 이름으로 너무 신비화되기도 했다. 이은봉 시인은 다시 생활을 돌아봄으로써 그것의 소중함을 재발견한다. 시인이 왜 생활을 다시 돌아봐야 하는지 다음 시가 그 단서를 제공한다.

진제마을 늦은 밤 시간
쓰레기더미를 뒤지다가
불쑥 튀어나와
가로등 불빛 속
주춤주춤 걸어가는 붉은 고양이,
이 밤 어디에도
제 붉은 마음
나눌 곳 없네

진제마을 오래된 골목
쓰레기더미를 뒤져
썩은 생선 몇 점 뜯어먹고는
자동차 불빛 속
우적우적 걸어가는 붉은 고양이,
세상 어디에도
제 붉은 발길

향할 곳 없네

몸이 붉어 마음도 붉은
진제마을 붉은 고양이
사람들한테 버려지고서도
사람들 곁
끝내 떠나지 못하네
여기저기 떠돌고 있네
들끓는 제 가슴
차마 어쩌지 못하네.

—「붉은 고양이」 전문

시에서 그려지고 있는 "붉은 고양이"는 시인 자신이다. 아니 어쩌면 모든 시인들을 지칭하고 있다고 봐야 한다. 시인은 사람들에게 버려진 존재이다. 그의 마음은 안주할 곳이 없기에 항상 여기를 넘어 또 다른 어떤 곳을 항상 지향한다. 그러면서 "세상 어디에도" 향할 데가 없고 또 그를 부르는 데도 없다. 하지만 그러면서도 시인은 고양이처럼 지금 여기의 세상을 벗어나지 못한다. "사람들에게 버려지고서도 사람들 곁"을 절대로 떠나지 못한다.

그런데 시인이 결국 돌아와 찾을 수밖에 없는 이 생활의 현장을 왜 우리는 자꾸 잊고 사는 것일까?

절벽이 걸어 다닌다 절벽이 뛰어 다닌다 걸어 다니는 절벽, 뛰어 다니는 절벽, 별안간 제자리에 멈춰서는 절벽, 제 발로 제 발등을 콱콱 찍어대는 절벽, 철기둥처럼 단단한 절벽, 솥뚜껑 같은 손으로 제 앞가슴을 탁탁 쳐대는 절벽, 이놈 절벽은 덩치가 커다란 논두렁 건달인가

(…중략…)

이승만을 닮은 절벽, 박정희를 닮은 절벽, 전두환을 닮은 절벽, 노태우를 닮은 절벽, 이명박을 닮은 절벽, 박근혜를 닮은 절벽, 히틀러를 닮은 절벽, 스탈린을 닮은 절벽, 폴포트를 닮은 절벽……, 독재를, 자본을 좋아하는 절벽

한때는 나도 닮고 싶었던 절벽, 이놈 절벽이 다시 또 불쑥불쑥 철기둥의 제 다리를 여기저기 들이밀고 있다 제 발로 제 발등을 콱콱 찍어대며 자해하고 있다 한때는 나도 좋아한 적이 있는 절벽, 한때 나도 취한 적 있는 멧돼지 절벽, 포클레인 절벽……

이 땅에서 한바탕 살기 위해서는 포클레인이 되어야 하나 멧돼지가 되어야 하나 절벽이 되어야 하나 절벽은 권력, 절벽은 힘, 절벽은 폭탄…… 어이, 절벽, 권력이 좋구나 어이, 절벽, 힘이 좋구나 어이, 절벽, 폭탄이 좋구나 어이, 절벽, 자유와 평등, 사랑과 평화 따위는 끝내 좋은 줄 모르는구나.

—「걸어 다니는 절벽」 부분

이 시는 우리의 생활을 가로막고 우리의 일상을 극단으로 몰고 가 결국 우리의 생활을 파괴하는 모든 폭력들을 '절벽'이라는 비유를 통해 우리에게 보여 주고 있다. 폭력에는 독재자나 권위주의 정권에 의한 정치적 폭력도 있고, 이윤과 그것을 추구하기 위한 개발만을 생각하는 자본의 폭력도 있다. 이러한 폭력에 노출되는 사람들이 결국 스스로 빠져드는 자해와 투쟁 역시 이러한 절벽에 다 해당된다. 이러한 절벽이 우리의 삶에 "자유와 평등"이나 "사랑과 평화" 같은 가치를 포기하게 만들고, 우리의 삶을 전쟁터로 만든다. 전쟁에 나간 사람들에게 일상이 없듯이 인간의 삶을 안정하고 편안하게 만드는 삶의 가치를 빼앗긴 사람들에게 일상적인 생활은 없다. 우리는 어쩌면 생활을 빼앗기며 살아왔는지도 모른다고 시인은 생각한다.

다음 시는 이렇게 일상을 빼앗긴 우리 삶의 허망함을 잘 보여 주고 있다.

> 집이 숨쉬기 시작한다 집이 움직이기 시작한다 집이 달리기 시작한다 집이 날개를 파닥이기 시작한다
>
> 집이 숨쉬기 시작하다니 집이 움직이기 시작하다니 집이 달리기 시작하다니 집이 날개를 파닥이기 시작하다니
>
> 이제 집은 더 이상 한곳에 붙박이로 박혀 있지 못한

다 이제 집은 더 이상 한곳에 멈춰 있지 못한다

아무데서나 손가락, 발가락 젖히며 따져대는 집, 겁나는 집, 일원동 집, 백원동 집, 비탈 높은 집, 일 원으로는, 백 원으로는 엄두도 내지 못하는 집, 재개발 직전의 낡은 집

이런 집은 너무 시끄러워 집이 집을 버린다 집이 가족을 버린다 집이 자식을 버린다 집이 부모를 버린다

충장노래방 도우미로 일하는 집, 세월식당 주방보조로 일하는 집, 롯데마트 계산원으로 일하는 집, 바람이 되는 집, 제가 바람인 줄 모르는 집

이런 집은 엄청 돈을 번다 너무 비싸 사고팔지 못한다 너무 바빠 한곳에 멈춰 있지 않는 집, 이런 집은 집이 아니다.

—「움직이는 집」 전문

집은 우리가 일상적으로 수행해 나가는 생활이 이루어지는 곳이다. 그런데 이 집이 움직인다는 것은 우리의 삶의 근거가 흔들린다는 것이고, 생활의 안정이 사라져 간다는 것이다. 집은 삶을 영위하고 가족을 이루고 또 지키기 위해 필

요한 것인데, 거꾸로 집이 가정을 파괴하고 삶을 파괴한다. 집을 얻고 집을 늘리는 것이 삶의 목표가 되어 애초의 집의 목적을 상실했기 때문이다. 집이 돈을 벌기 위한 투자의 수단으로 이용될 때 가족을 지키기 위한 모든 사회적 가치는 사라지고 결국 "집은 집이 아"닌 것이 되어 버린다. 이렇게 지금 이 땅의 삶은 우리의 건전한 생활을 파괴하고 우리의 삶의 근거를 흔들고 있다.

그러기 때문에 생활을 다시 찾고 지키기 위해서는 비상한 결단과 노력이 필요하다.

> 양지 바른 산기슭, 떼거지로 몰려 서 있는 대나무들, 서로의 허리, 꽉 끌어안고서는 놓지 않는다
>
> 소심하고 시시하고 지랄 같은 소시지들, 혼자서는 아무것도 못하는 것들, 서로의 몸 부딪쳐 소리를 낸다
>
> 비 내리는 봄날, 한꺼번에 세상에 태어나는 대나무들, 혈연과 지연, 벌흙처럼 소중히 여기고 있다
>
> 단순하고 무식하고 지랄 같은 단무지들, 태풍이 휘몰아쳐도 서로가 서로에게 기대어 이익을 챙기기에 바쁘다
>
> 혼자서는 제대로 서 있지도 못하는 대나무들, 함박눈 내려 바리 눈짐을 지고 나서야 고개를 숙인다
>
> 오만하고 이기적이고 지랄 같은 오이지들, 시위대처럼 스크럼을 짜고 앞으로만 밀고 나가는 것들, 뒤로 물러설 줄 모른다

벌흙을 사랑하는 대나무들, 하나만 알고 둘은 모르는 것들, 옛날의 대가족 공동체로 단단하게 뭉쳐 있다.

—「대나무들」 전문

시인은 대숲을 바라보면서 거기서 공동체의 힘과 그 안에서 다시 회복되는 생활의 힘을 발견한다. 대나무처럼 서로 의지하며 "시위대처럼 스크럼을 짜고 앞으로 밀고 나가는 것"에서 시인은 어떤 삶의 든든한 희망을 발견한다. 그러한 굳건한 삶을 통해 이루어 놓은 생활과 그 생활 속에서 사람들 간의 끈끈한 연대가 우리의 삶에 사랑과 평화 같은 가치를 회복하게 해 주리라 믿고 있다.

3. 시적 서정과 사회적 상상력

이은봉 시인의 시들을 읽다 보면 사회와 역사의식이 남다르다는 점을 발견하게 된다. 그의 시를 읽으면 하나하나의 시어들이 개인의 내밀한 정서를 표현하는 것을 넘어서 사회를 조망하고 역사의 깊이에까지 도달해 가고 있다는 점을 쉽게 알 수 있다.

귀하고 우아한 장식품으로
그윽하고 고전적인 소장품으로

우리 집 비좁은 거실 한구석
그윽하게 모셔져 있는
텅 빈 항아리, 백자 달항아리

이 오래된 달항아리 안에
무엇을 담으면 좋을까
밥을 담을 수는 없지
반찬을 담을 수는 없지

주춤주춤 자꾸 망설이는 사이
아내여 당신은 제 엉덩이를 닮은
이 멋진 달항아리 안에
꽃을 꽂는구려 내일을
사랑을 꽂는구려 평화를.

—「달항아리」 전문

시인은 이 달항아리의 아름다움에 무엇이 어울릴지를 생각한다. 밥이나 반찬 같은 현실적이고 일상적인 것들은 거기에 어울리지 않는다. 그것은 실용적인 것을 넘어서는 특별한 것이기 때문이다. 달항아리는 예술에 대한 환유이기도 하고, 한국적인 것, 즉 더 확대하면 우리나라에 대한 비유이기도 하다. 그리고 예술이거나 나라에 대한 사랑이거나 거기에는 사랑과 평화라는 가치가 실현되어야 함을 우리에게 은근하게 주장하고 있다. 이렇듯 이은봉 시인은 아름다움과 그것의 가치가 어떻게 연결되어야 하는지를 항상 생각한다. 시적 서정을 노래하면서도 사회학적 상상력을 절대 잃지 않으려 노력하고 있다. 아니 그보다는 항상 사회적 인식을 앙상한 개념으로 주장하는 것이 아니라 서정적 감흥을 불러일으켜 감각적 구체성으로 표현하는 큰 장점을 보여 주고 있다.

지금은 겨우 비행기를 타고 가지
가끔은 어렵게 버스나 승용차를 타고 가기도 하지
어쩔 수 없지 지금은 기차가 못 가니까
기차를 타고 갈 수는 없으니까
철길이 끊겼으니까 걸어서도
갈 수 있기는 하지 옛날에는 걸어서 갔지 어깨에 괴나리봇짐을 메고, 발에 감발을 하고, 짚신을 신고 몇날 며칠을 걸어서 갔지
(…중략…)
그냥 기차를 타고 서울에서 평양으로 곧장 갈 거야
문산역을 거쳐 도라산역을 거쳐
개성으로 평양으로 이내 갈 거야
평양에 도착하면 대동강 능라도부터 가 볼 거야
능라도에서는 늘어진 버들가지부터 볼 거야
만수대도 단군왕릉도 가 볼 거야

우리나라 시조 할아버지한테는 큰절도 할 거야
평양에서 오래 머물지는 않을 거야
신의주로, 단동으로, 연변으로, 하바롭스크로, 시베리아로 중앙아시아로…… 이렇게 더 멀리 가 볼 거야
지금 당장 간다는 말은 아니야
시간이 필요하다는 것은 나도 알아
역사가 필요하다는 것은 나도 알아
기다릴 거야 그때까지 고추장을 찍은 오징어 다리 안주로
목 안 가득 소주를 털어 넣으며
기다릴 거야 너무 들뜨지는 않은 채 기다리고 또 기다릴 거야.

—「기차를 타고 갈 거야」 부분

한마디로 남북 교류와 통일의 열망을 노래한 작품이다. 조금은 뻔한 주제이고 너무도 직설적인 언어로 되어 있다고 비판적으로 바라볼 수도 있게 하는 작품이다. 하지만 이 작품의 요체는 그러한 열망을 제시하는 데에 있지 않고, 그러한 열망을 기다림이라는 정서로 바꾸어 그러한 역사적 사실들을 구체적인 우리의 감각으로 또한 실제적인 우리의 생활에서 느끼게 만들어주는 효과를 보여 준다는 점이다. 특히 "고추장을 찍은 오징어 다리 안주"라는 표현은 실제적인 기차간의 풍경을 떠올리는 구체성을 느끼게 함으로써 이러한 현실이 결코 멀리 있지 않다는 것을 생

각하게 해 준다.

다음 시는 이 점을 좀 더 분명하게 보여 준다.

벽인 줄 알았다 도저히 어쩌지 못할 절벽인 줄 알았다 용기를 내어 살펴보니 벽이 아니었다 접었다가 펼 수 있는 병풍이었다

병풍은 나와 세상을 끊어놓았다 병풍 속의 꽃과 나비에 취해, 떨어지는 계곡의 폭포에 취해 한 세상 잘 살다 가라는 뜻인 듯했다

꽃과 나비에게도 가슴이 있기는 했다 계곡의 폭포에게도 사랑이 있기는 했다 사랑에 취해 한 세상 살지 못할 것도 없었다

그래도 그렇지 병풍 따위에 취해
세상과 나 사이가 끊어지고 말다니
병풍이 뭐 휴전선인가 국경선인가

병풍은 돈인지도 몰랐다 돈이라니, 딱한 일이었다 슬픈 일이었다 자신의 뜻과 달리 병풍이 벽으로, 절벽으로 살아왔기 때문인지도 몰랐다

병풍 따위를 접어치우는 데도 용기가 필요했다 절망이 필요했다 마음 모아 정성을 다하다 보면 무엇인들 접어치우지 못하랴

넝쿨 콩의 마음을 갖고 있거늘, 나 어찌 병풍 따위 접어치우지 못하랴 기어오르지 못하랴 벽 따위, 절벽 따위 어찌 허물어버리지 못하랴.

—「병풍」 전문

우리는 항상 경계를 만들고 산다. 이 경계 안에서 편안함과 안정을 추구한다. 집의 담장부터 시작해서 국경선까지 남과 나를 구별하면서 스스로 영토 안에 갇히며 살고 있다. 그러다 보니 병풍처럼 둘러쳐진 이 관념의 경계가 마치 벽처럼 절벽처럼 우리를 가로막고 그것을 허물 생각을 하지 못하도록 만든다. 계급과 인종 간의 차별과 증오나 남과 북 사이의 대치와 냉전도 다 여기에 해당한다. 시인 역시 병풍으로 경계를 만들고, 그것이 주는 안온함과 아름다움에 취해 이제까지 그것 밖의 세상을 보지 못하고 살았음을 반성하고 있다. 하지만 모든 장벽은 병풍에 불과하다. "접어치우지 못"할 이유가 없는 것이다.

4. 맺으며

이은봉 시인의 시는 서정시의 한 전범을 보여 준다. 과잉된 정서의 감상적 토로나 시대착오적 음풍농월에 머무르기 쉬운 서정시의 약점을 극복하고 삶의 튼튼한 기반 위에서 사회적 상상력까지 보여 주면서도 감각적 구체성을 포기하지 않은 그의 시는 지금의 서정시가 나아가야 할 어떤 방향을 제시하고 있기까지 하다.

하지만 그럼에도 불구하고 시 쓰기는 외로운 일이고 또한 시인으로 산다는 것은 고통스러운 일이다. 그것은 아무도 알아주지 않는 길을 누구도 알려 주지 않는 방향으로 찾아가야 하는 일이다.

> 사람들의 마음속 깊숙이 숨겨져 있는 줄로만 알았다, 전국 시인 지도…… 오늘 아침에는 한겨레신문 하단 통광고로 펼쳐져 있었다
>
> 지도 속 어디에도 그의 이름은 없었다 평생을 두고 시를 써온 그의 이름은……
>
> 잠시 그는 눈 감았다가 떴다 설움이 울컥, 목젖을 뚫고 올라왔다 곧이어 지도에는 없는 아름다운 섬 하나를 생각했다

잠시 그는 눈 떴다가 감았다 몽롱했다 주위를 둘러보니 구겨지고 찢어진 한겨레신문이 어지럽게 쓰레기통 속에 처박혀 있었다

너무 한심해 그는 제 가슴 한번 탁, 쳤다 아직도 이름 따위에 연연하다니!

—「지도에 없는 섬」 전문

이 시집도 이 시에 나오는 "지도에 없는 섬" 중 하나라고 할 수 있다. "이름 따위에 연연"하지 않으면서 누구도 보여 주지 못한 자기만의 언어를 통해 꿋꿋하게 많은 시집을 발간해온 그의 작업에 경의를 표하면서 글을 마친다.

시인의 말

시들이 자꾸 어려워지고 있다. 요즈음은 추상적 관념과 함께하는 막연한 진술로 시를 만들기까지 한다. 이들 시에서는 나날의 생활이 만드는 구체적인 물질을 찾기 힘들다. 일상의 이미지가 부드럽게 녹아 있기보다는 조작된 관념이 단단하게 뭉쳐 있는 것이 요즈음의 시이다.

아무런 내포도 유추할 수 없는 관념적 진술의 시를 즐길 만큼 내 마음은 열려 있지 못하다. 그러니 나로서는 관념적 진술을 조작하고 있는 시들로부터 비켜설 수밖에 없다. 그렇게 하기 위해 이번 시집의 이름을 '생활'이라고 붙인다.

이름을 이렇게 붙인 이유 중의 하나는 이 시집에 「생활」이라는 시가 들어 있기 때문이기도 하다. 그렇기는 하더라도 이 시집에 실려 있는 일련의 시들, 곧 '생활'의 시들에서 내가 나날의 삶에서 깨닫는 진리나 진실을 담으려고 한 것은 사실이다.

따라서 이번의 시집 『생활』은 이전의 시집 『첫눈 아침』에 실려 있는 정신과 방법을 이어받고 있다고 해야 옳다. 이는 곧 이 시집과 함께하고 있는 시들이 일상의 삶에서 깨닫는 진실 혹은 진리를 바탕으로 하고 있다는 뜻이기도 하다.

시를 구체적인 생활에서 획득하는 깨달음의 형식으로 받아들이고 있다는 것은 시를 구체적인 생활에서 획득하는 '발견의 형식'으로 받아들이고 있다는 것이기도 하다. 뿐만 아니라 이는 시를 구체적인 생활에서 획득하는 '지혜의 형식'으로 받아들이고 있다는 것이기도 하다.

이처럼 이번의 시집에서는 시를 일상의 삶에서 획득하는 '깨달음의 형식', '발견의 형식', '지혜의 형식'으로 받아들이고 있다. 나로서는 이번 시집의 시들이 갖고 있는 생활의 깨달음이나 발견, 지혜 등이 나날의 역사가 이행하며 만드는 자유, 평등, 사랑, 평화의 정신과 함께하기를 빈다. 이것이 이번 시집이 갖고 있는 그 나름의 변별성이라고 나 자신을 위로하며 또 한 권의 시집을 발간하는 일에 감히 용기를 낸다.

광주대학교 문예창작과 교수직을 퇴직한 지도 벌써 일 년이 다 되어 간다. 물론 이번의 시집은 퇴직 후에 간행하는 첫 번째 결과이다. 하지만 그것이 이번 시집에 실려 있는 시들 모두가 퇴직 후에 쓴 것이라는 뜻은 아니다. 이 시집의 시들

역시 퇴직 전 광주에서 쓴 것들을 모으고 있다. 언제쯤 퇴직 후 세종에서 쓴 시들을 모아 시집을 낼까.

독자 여러분의 격려와 질정을 빈다.

2019년 초가을

세종특별자치시 종촌동에서

이은봉 모심